AF360296

315 | Chambre des Commissaires Priseurs
Envoi à la Bibliothèque Nationale.

1900
Décembre - 12

VENTE

Le 12 Décembre 1900

HOTEL DROUOT

Salle n° 6

TABLEAUX

Anciens et Modernes

Aquarelles

DESSINS

Mᵉ LAIR DUBREUIL

M. Henri HARO

CATALOGUE

des

TABLEAUX

Anciens et Modernes

par

Caresme, Lajoue, Mazo, Moucheron, etc., etc.

et par

**L. Bonnat, Eug. Boudin, H. Daumier,
H.-C. Delpy, L. Français, P.-V. Galland, Géricault,
A. de Neuville, Henri Regnault, Th. Ribot,
Veyrassat, etc.**

Importantes Aquarelles

et

DESSINS

par

**Bastien-Lepage, J. Béraud, H. Daumier, Detaille,
L. Français, Géricault, Greuze, Harpignies, Jacquet,
Eug. Lami, Maurice Leloir, Madeleine Lemaire,
J.-F. Millet, H. Monnier, Pasini, Prudhon, H. Regnault,
C. Troyon, Verboeckhoven, H. Zuber, etc.**

DONT LA VENTE AURA LIEU

HOTEL DROUOT, SALLE N° 6

Le Mercredi 12 Décembre 1900

à trois heures

*

EXPOSITION PUBLIQUE : Le Mardi 11 Décembre 1900

d'une heure et demie à cinq heures et demie

Me **LAIR DUBREUIL**	M. Henri **HARO**
COMMISSAIRE-PRISEUR	PEINTRE-EXPERT
Successeur de M^o G. Duchesne	
6, rue de Hanovre, 6	14, rue Visconti et rue Bonaparte, 20

1900

CE CATALOGUE SE DISTRIBUE

A PARIS, CHEZ

Mᵉ LAIR DUBREUIL	M. Henri HARO
COMMISSAIRE-PRISEUR	
Successeur de Mᵉ G. Duchesne	PEINTRE-EXPERT
6, rue de Hanovre, 6	14, rue Visconti et rue Bonaparte, 20

CONDITIONS DE LA VENTE

Elle sera faite au comptant.

Les acquéreurs payeront *cinq pour cent* en plus du prix d'adjudication.

TABLEAUX
ANCIENS ET MODERNES

BONNAT (L.)

1 — Intérieur de Synagogue.

Signé à droite.

T. — H., 0^m,26. L., 0^m,17.

BOUDIN (Eugène)

2 — Marée basse à Trouville.

Signé à droite.

B. — H., 0^m,23. L., 0^m,32.

CARESME

3 — Silène.

T. — H., 0^m,57. L., 0^m,42.

DAUMIER (H.)

4 — Le Liseur.

Monogramme à gauche.

B. — H., 0^m,28. L., 0^m,34.

DELPY (H.-C.)

5 — La Chasse au canard.

Signé à droite.

B. — H., 0^m,47. L., 0^m,85.

6 — Soleil couchant.

Signé à droite.

B. — H., 0^m,31. L., 0^m,47.

7 — Temps gris.

Signé à gauche.

B. — H., 0^m,33. L., 0^m,60.

ECOLE FLAMANDE

8 — Scènes de la Naissance du Christ; triptyque.

Sur le volet de gauche sont peints : la Visitation et la Circoncision.
Sur le volet de droite: l'Adoration des Mages et la Présentation au Temple.

Le panneau du milieu, bas-relief en terre-
cuite peinte, représente l'Enfant-Jésus dans
la crèche, adoré par la Vierge, saint Joseph
et trois anges ; dans le haut, un ange annonce
la naissance du Christ et l'Étoile apparaît aux
bergers.

Panneau du milieu. — H., 0^m,36. L., 0^m,32.
Volets. — H., 0^m,38. L., 0^m,15.

ÉCOLE FRANÇAISE

9 — Assemblée galante.

B. — H., 0^m,22. L.. 0^m,31.

FRANÇAIS (L.)

10 — Les Pêcheurs à la ligne.

Signé à droite.

B. — H., 0^m,30. L., 0^m,46.

GALLAND (P.-V.)

11 — L'Étang ; effet de soleil.

Cachet de la vente à droite.

T. — H., 0^m,28. L., 0^m,38.

GALLAND (P.-V.)

12 — Paysage ; effet de neige.

Cachet de la vente à gauche.

T. — H., 0^m,25. L., 0^m,33.

GÉRICAULT

13 — Poules.

T. — H., 0^m,64. L., 0^m,53.

GREUZE
(?)

14 — La Lettre.

Une jeune fille, les bras croisés sur sa poi-
trine à demi découverte, vient de lire une
lettre et semble réfléchir à son contenu.

T. — H., 0^m,59. L., 0^m,49.

LAJOUE

15 — La Lecture dans le Parc.

T. — H., 0^m,57. L., 0^m,71.

MARCHAND (JEAN)

16 — L'Interrogatoire du prisonnier.

Signé en bas.

B. — H., 0^m,47. L., 0^m,58.

MAZO (MARTINÈS)

17 — Portrait d'Homme en cuirasse.

T. — H., 0^m,73. L., 0^m,58.

MOUCHERON (F.)

18 — Grand Paysage.

Signé à gauche.

T. — H., 1ᵐ,11. L., 1ᵐ,30.

NEUVILLE (A. DE)

19 — Étude pour le tableau : *Bivouac devant le Bourget, après le combat du 21 décembre 1870.*

Signé à gauche.
N° 86 de la vente de l'atelier A. de Neuville.

B. — H., 0ᵐ,11. L., 0ᵐ,17.

REGNAULT (HENRI)

20 — Intérieur d'un Harem marocain.

Importante composition non terminée.
N° 18 de la vente Regnault.

Cet *Intérieur d'un harem* et *la Sortie du Pacha* sont les deux derniers tableaux que Regnault était en train d'exécuter lorsqu'il a quitté Tanger pour venir prendre part à la guerre de 1870.

T. — H., 1ᵐ,80. L., 1ᵐ,42.

21 — Paons.

Signé à droite.

T. — H., 0ᵐ,73. L., 0ᵐ,92.

RIBOT (Tʜ.)

22 — L'Enfant à la poupée.

Signé à gauche.

T. — H., 0^m,56. L., 0^m,47.

RIGAUD

(D'après)

23 — Portrait de Philippe V, roi d'Espagne.

T. — H., 0^m,81. L., 0^m,64.

VEYRASSAT (J.)

24 — Le Retour des champs.

Monogramme à droite et daté 51.

B. — H., 0^m,35. L., 0^m,27.

25 — La Fenaison.

Signé à droite.

B. — H., 0^m,12. L., 0^m,22.

AQUARELLES ET DESSINS

✳

BASTIEN-LEPAGE (J.)

26 — Paysage ; effet de soleil couchant.

Signé à gauche.
Aquarelle.

BÉRAUD (Jean)

27 — Le Théâtre moderne.

Signé à gauche.
Aquarelle.

CLAUDE (J.-Max)

28 — Le Départ pour la chasse.

Signé à gauche.
Aquarelle.

DAUMIER (H.)

29 — Le Cabinet du Directeur.

> Monogramme à gauche.
> Sépia.

DETAILLE (E.)

30 — Cuirassier et son cheval.

> Monogramme à droite.
> Dessin à la plume.

DUEZ (E.)

31 — La Chasse aux papillons.

> Signé à gauche.
> Aquarelle.

DUPRAY

32 — En faction.

> Signé à droite.
> Aquarelle.

FRANÇAIS (L.)

33 — Bord d'un étang.

> Cachet de la vente à droite.
> Aquarelle.

GALOFRE (B.)

34 — Le Conducteur de bœufs.

> Signé à droite.
> Aquarelle.

35 — L'Arc de triomphe.

> Signé à droite.
> Aquarelle.

36 — La Provende.

> Signé à droite.
> Aquarelle.

37 — Jeux d'enfants.

> Signé en bas.
> Aquarelle.

GÉRICAULT

38 — Cheval piaffant.

> Aquarelle.

GREUZE (J.-B.)

39 — Tête d'Enfant, étude.

> Tête d'enfant de grandeur naturelle, destinée au tableau de l'*Enfant Prodigue*.
> Dessin à la sanguine.

'GUARDI

(D'après)

40 — Fête à Venise.

> Aquarelle.

HARPIGNIES

41 — Paysage.

> Signé à gauche, et daté 1883.
> Aquarelle.

HAWKINS (L.-W.)

42 — Les Orphelines (première pensée).

> Signé à droite.
> Aquarelle.

43 — Bord de Seine. Effet de soleil couchant.

> Signé à droite.
> Aquarelle.

JACQUET (G.)

44 — Jeune Musicienne.

> Signé à gauche.
> Aquarelle.

LAMI (Eug.)

45 — L'Horoscope.

> Signé du monogramme à droite et daté
> 1880.
> Aquarelle.

LELOIR (Maurice)

46 — Le Peintre d'enseignes.

> Signé à droite et daté 1880.
> Aquarelle.

47 — La Lettre.

> Signé à gauche.
> Aquarelle.

LEMAIRE (Madeleine)

48 — Un Bouquet de giroflées sur un livre bleu.

> Signé à gauche.
> Aquarelle.

49 — La Musique.

> Signé à droite.
> Aquarelle.

50 — La Peinture.

> Signé à droite.
> Aquarelle.

MILLET (J.-F.)

51 — Les Glaneuses.

> Monogramme à droite.
> Dessin au crayon noir.

MONNIER (H.)

52 — Chez le Notaire.

> Signé à droite avec dédicace et daté : Tournay, novembre 1832.
> Sépia.

53 — L'Attente.

> Signé à gauche et daté : Bruxelles, juin 1834.
> Sépia.

PASINI (A.)

54 — Maisons turques.

> Signé à droite et daté 1881.
> Aquarelle.

POINT (Armand)

55 — La Charmeuse de libellules.

> Signé à droite et daté 1893.
> Pastel.

PRUDHON

56 — Illusions perdues.

> Dessin à la mine de plomb.

REGNAULT (Henri)

57 — Cour mauresque avec laurier rose.
    Grenade — 1869.

    Signé à gauche.

      N° 27 de la vente Henri Regnault.
      Aquarelle.

58 — Lavoir mauresque à Grenade. —
    1869.

    Signé en bas.

      N° 31 de la vente Henri Regnault.
      Aquarelle.

59 — Lavoir mauresque à Grenade. —
    1869.

    Signé en bas.

      N° 33 de la vente Henri Regnault.
      Aquarelle.

TAPIRO

60 — Religieuse en prière auprès d'une
    tombe.

    Signé à droite.
    Aquarelle.

TROYON (C.)

61 — Le Moulin.

    Signé à gauche.
    Aquarelle.

VERBOECKHOVEN (E.)

62 — Moutons.

> Signé à droite et daté 1870.
> Cachet de la vente à gauche.
> Dessin au crayon noir rehaussé **de** blanc.

VILLEJAS (J. DE)

63 — Les Tourterelles.

> Signé à droite.
> Aquarelle.

ZUBER (H.)

64 — La Station de fiacres.

> Signé à gauche et daté 86.
> Aquarelle.

65 — Marine.

> Signé à droite et daté 86.
> Aquarelle.

66 — Un carton contenant 24 aquarelles par Benouville, Berchère, etc., etc.

Ce numéro sera divisé.

67 — Sous ce numéro seront vendus les tableaux, aquarelles et dessins non catalogués.

2222 — Lib.-Imp. réunies, rue Saint-Benoît, 7, Paris.

www.ingramcontent.com/pod-product-compliance
Lightning Source LLC
LaVergne TN
LVHW012155170726
843503LV00009B/4190